por Lucy Floyd

ilustrado por Valerie Sokolova

Harcourt

Orlando Boston Dallas Chicago San Diego

Visita *The Learning Site*

www.harcourtschool.com

—¡Se han comido la cosecha!
—exclamó un día el molinero muy disgustado—. ¿Quién crees que habrá sido?

—Me gustaría ayudarte —declaró el amable Gato—. Voy a necesitar unas botas y un saco muy grande.

—Dos buenos gansos para nuestro monarca —dijo Gato.
Y se fue al castillo con los dos gansos.

—Un regalo del molinero —dijo Gato.
—Le damos las gracias —dijo
el monarca.
—Gracias —dijo también su
hija Clara.

Cuando volvió se encontró al molinero cerca del mar.

—Aquí llega el monarca —exclamó—. ¡Pronto, al agua!

—El molinero se cayó al agua —chilló Gato.

—Eran muy buenos gansos —dijo el monarca—. ¡Ayúdenle!

—¡Rápido! —dijo Clara.

Gato sabía quién se había comido la cosecha.

—Tú puedes hacer cualquier cosa —dijo Gato—. ¿También puedes hacerte una bola?

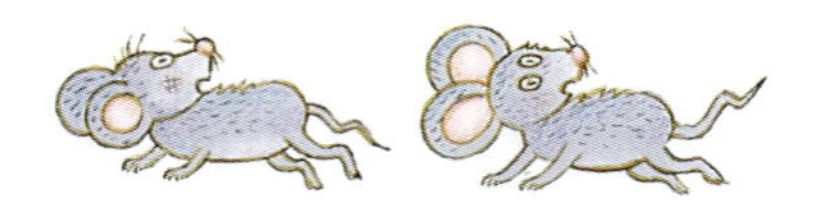

—Claro que sí —contestó la bestia—. ¿No lo crees?

Gato lo ató muy bien.

—Intenta no moverte todavía —dijo Gato.

—¡Desátame! —chilló crispado.

—Luego —dijo Gato—. Antes escribe que nunca más te comerás las cosechas.

Y así fue. Desde ese día a
nadie le faltó la cosecha.

Al día siguiente Clara y el molinero se casaron. Todos aclamaron a la nueva pareja.

—Sólo quería ayudar —declaró el amable Gato.